Maßanfertigung

William Campbell Gault

Writat

Diese Ausgabe erschien im Jahr 2023

ISBN: **9789358812343**

Herausgegeben von
Writat
E-Mail: info@writat.com

MAßGEFERTIGT
VON WILLIAM CAMPBELL GAULT

Die Druckrohrschlösser klickten hinter ihnen, als der Zug weiterfuhr. Es war ein seltsames, seufzendes Klicken und für Joe klang es wie: „Sie hat nicht recht – sie hat nicht recht – sie hat nicht recht –"

Also sagte er es endlich. „Sie hat nicht recht."

Sam, der mit ihm fuhr, schaute verwundert herüber. „Wer ist das nicht?"

„Vera. Meine Frau. Sie hat nicht Recht."

Sam runzelte die Stirn. „Ist das dein Ernst, Joe? Du meinst, sie ist –?" Er tippte sich an die Schläfe.

„Oh nein. Ich meine, sie ist nicht das, was ich will."

„Deshalb haben wir das Zentrum", antwortete Sam, als würde er zitieren, was er auch tat. „Angesichts des derzeitigen und wachsenden Übergewichts von Frauen gegenüber Männern musste etwas getan werden. Ich denke, wir haben es geschafft."

Sam war der Direktor des Domestic Center und ein Mann, der von seinem Job überzeugt war.

„Du hast es so gut gemacht, wie du konntest", stimmte Joe argumentativ zu. „Sie haben dem Heiratswettbewerb unter Frauen einen Grund und eine gewisse Ordnung gegeben. Sie haben illegale Beziehungen fast abgeschafft. Sie haben eine Grundsicherung für die Kinder geschaffen. Aber die große Aufgabe? Sie haben sie völlig verpasst."

„Danke", sagte Sam. „Das ist ein sehr kleines Messer, das du mir zwischen die Schulterblätter gesteckt hast, aber ich bin dünnhäutig." Er holte tief Luft. „Was war nach Meinung des Juniorassistenten des Adjutanten-Wissenschaftsdirektors die *große* Aufgabe?"

Joe suchte nach etwas Verachtung in Sams Worten, fand es und sagte: „Der große Job ist zu groß für einen Soziologen."

Sam schien zusammenzuzucken. „Ich hätte nicht gedacht, dass diese Axt neben das Messer passen würde. Ich habe dich unterschätzt."

„Nichts für ungut", sagte Joe. „Es ist einfach so, dass man sich mit Menschen auseinandersetzen muss."

„Oh", sagte Sam. „Jetzt kommt es. Weißt du, für eine Minute habe ich vergessen, wer du bist. Ich habe vergessen, dass du die größte lebende

Autorität auf dem Gebiet der Roboter bist. Ich habe an dich als meinen Jugendfreund gedacht, guter alter Joe. Du bist jetzt darüber hinaus, Aren nicht wahr?"

„Über meine Jugend hinaus? Ich hoffe es, obwohl es nur sehr wenige Menschen sind." Joe sah Sam direkt an. „Jeder Mann möchte eine perfekte Frau, nicht wahr?"

Sam zuckte mit den Schultern. "Ich nehme an."

„Und kein Mensch ist perfekt, also bekommt auch kein Mann eine perfekte Frau. Habe ich soweit recht?"

"Klingt wie es."

"Okay." Joe tippte mit einem harten Finger auf Sams Brust. „Ich werde eine perfekte Ehefrau sein." Er tippte sich an die Brust. „Für mich, nur für mich, so wie ich sie will. Keine menschlichen Schwächen. Ideal."

„Ein perfekter Roboter", wandte Sam ein.

„Eine Frau", korrigierte Joe. „Eine Person. Ein Mensch."

„Aber ohne Gehirn."

„Mit einem Gehirn. Weißt du etwas über Kybernetik, Sam?"

„Ich weiß genauso viel über Kybernetik wie Sie über Menschen. Nichts."

„Das ist nicht ganz fair. Ich bin nicht sentimental gegenüber Menschen, aber es ist ungenau zu sagen, dass ich nichts über sie weiß. *Ich bin* ein Mensch. Ich denke, ich bin – anspruchsvoll und sensibel."

„Sicher", sagte Sam. „Lass uns das Thema fallen lassen."

"Warum?"

„Weil du Unsinn redest. Ein Mensch ohne Fehler ist kein Mensch. Und wenn – es oder er – sie es wäre , würde ich ihn, sie oder es wohl nicht kennen."

„Natürlich. Sie sind ein Sentimentalist. Sie haben so viel Elend, so viel menschliches Versagen, so viel Dummheit gesehen, dass Sie Ihre natürliche Toleranz zu einer schlampigen und unwissenschaftlichen Sentimentalität entwickelt haben. Das passiert Soziologen ständig."

„Joe, ich werde nicht mit dir streiten. Ich frage nur eines: Wenn du – Vera die Neuigkeit überbringst, überbringe sie sanft. Und bring sie so schnell wie möglich zurück ins Zentrum. Sie ist eine Wahl, selten." Nummer."

Joe sagte dazu nichts. Sam sah elend aus. Sie saßen da und lauschten dem rauschenden, gurgelnden Klicken der Luftschleusen, zwei Freunde – einer, der mit Menschen zu tun hatte und weich geworden war, der andere, der mit Maschinen zu tun hatte und vielleicht überhaupt nicht erwachsen geworden war.

Als der Wagen zum Bahnhof Inglewood fuhr, schaute Sam hinüber, aber Joes Blick war geradeaus gerichtet. Sam stand auf und stand auf.

Es gab ein flüsterndes Seufzen entweichender Luft und das grelle Sonnenlicht des Bahnhofs Inglewood, synthetisches Mammutbaumholz, Chrom und Marmor.

Sam war gerade aus dem zylindrischen Wagen aus rostfreiem Stahl gestiegen und eilte zum Lokal in Westchester, als Joe auf den Bahnsteig kam. Sam war genervt, das war klar.

Joes Blick wanderte von seinem eiligen Freund zum Parkplatz, und dort stand sein Coupé mit Vera am Steuer. Es waren nur drei Blocks zu Fuß, aber sie musste jeden Abend dort sein, um ihn zu treffen. Das war ihr größter Fehler, ihre romantische Sentimentalität.

„Liebling“, sagte sie, als er sich dem Coupé näherte. „Schatz. Habt ihr einen schönen Tag?“

Er küsste sie beiläufig. "Normal." Sie rutschte hinüber und er kletterte hinter das Lenkrad. „Saß mit Sam Tullgren im Zug.“

„Sam ist nett."

Er schaltete die Zündung ein und sagte: „Starten." Der Motor sprang gehorsam an und er bog vom Parkplatz auf Chestnut ab. „Sam geht es gut. Irgendwie sentimental."

"Das ist, was ich meine."

Joe schwieg. Das Coupé fuhr an einer Reihe von Solarhäusern vorbei und bog in die Fulsom ein . Drei Häuser hinter der Ecke bog er in die Einfahrt ein.

„Du bist furchtbar still", sagte Vera.

"Ich denke."

"Worüber?" Ihre Stimme war plötzlich angespannt. „Sam hat nicht versucht, dich zu verkaufen –"

„Eine neue Frau?" Er sah sie an. "Wie kommst du darauf?"

„Du denkst an mich, daran, mich einzutauschen. Joe, nicht wahr – Liebling, nicht wahr?" Sie brach ab und sah noch elender aus als Sam.

„Ich habe nicht vor, dich einzutauschen", sagte er leise.

Sie holte tief Luft.

Er sah sie nicht an. „Aber du gehst zurück ins Zentrum."

Sie starrte ihn an, einen feuchten Film in ihren Augen. Sie weinte nicht, stellte keine Fragen und protestierte nicht. Joe wünschte, sie würde es tun. Das war schlimmer.

„Es ist nicht deine Schuld", sagte er nach einem Moment. „Ich werde mir keine andere zulegen. Du bist fast so ideal, wie eine menschliche Frau nur sein kann."

„Ich habe es so sehr versucht", sagte sie. „Vielleicht habe ich es zu sehr versucht."

„Nein", sagte er, „es ist nicht deine Schuld. Jeder vernünftige Mann würde sich über dich freuen, Vera. Du wirst nicht lange im Zentrum bleiben."

„Ich will keinen vernünftigen Mann", sagte sie leise. „Ich will dich, Joe. Ich – ich habe dich geliebt."

Er hatte begonnen, aus dem Auto auszusteigen. Er hielt inne, um zurückzublicken. „Geliebt? Hast du die Vergangenheitsform verwendet?"

„Ich habe die Vergangenheitsform verwendet." Sie wollte auf ihrer Seite aus dem Auto aussteigen. "Ich möchte nicht darüber reden."

„Aber das tue ich", sagte er ihr. „Ist diese Liebe etwas, das man wie einen Wasserhahn auf- und zudrehen kann?"

„Ich habe keine Lust, es dir zu erklären", sagte sie. „Ich muss packen." Sie verließ das Auto, schlug die Tür zu und ging eilig auf das Haus zu.

Joe beobachtete sie. Etwas beunruhigte ihn, etwas, das er nicht analysieren konnte, aber er war sich sicher, dass es sich als absurd erweisen würde, wenn er könnte.

Er ging nachdenklich ins Wohnzimmer und schaltete die Telenews ein . Er sah Truppen zu Fuß vorbeiziehen, eine Reihe von ihnen entlang einer brasilianischen Straße verteilt. Er drehte den Knopf zu einem anderen Sender und sah die riesige Börsentafel, eine Wiederholung. Noch eine Wendung, und er sah, wie eine zerzauste, schreiende Frau von zwei Polizisten die Treppen eines Mietshauses hinuntergetragen wurde. Die kleine Menschenmenge auf dem Bürgersteig stürzte sich in die Kamera.

Er schnappte es ungeduldig ab und ging in die Küche. Die Essecke war eine Nische mit Glaswänden und der Tisch war gedeckt. Auf seinem Teller war etwas zu essen, auf dem von Vera nichts.

Er ging ins Wohnzimmer und dann mit einem ungeduldigen Murmeln zur Tür des hinteren Schlafzimmers. Sie hatte ihre Griffe auf dem niedrigen Bett geöffnet.

„Du musst heute Abend nicht gehen, weißt du."

"Ich weiß."

„Du bist sehr unvernünftig."

„Bin ich?"

„Ich habe nicht versucht, absichtlich grausam zu sein."

„Warst du nicht?"

Seine Stimme wurde lauter. „Wirst du aufhören, wie ein verdammter Roboter zu reden? Bist du ein Mensch oder nicht?"

Mann finden. "

Sie begann, an ihm vorbeizugehen, den Griff in ihrer Hand. Er legte ihr eine Hand auf die Schulter. „Vera, du-"

Etwas blitzte auf sein Gesicht zu. Es war ihre schlanke, weiße Hand, aber sie fühlte sich nicht schlank und weiß an. Sie sagte: „Ich verstehe jetzt, warum Sie nicht zum Oberassistenten des Adjutanten-Wissenschaftsdirektors ernannt wurden . Sie sind ein dummer, emotionsloser Mechaniker. Eine Maschine."

Er starrte ihr immer noch nach, als die Tür zuschlug. Er dachte an das riesige Domestic Center mit seinen Kursen in Allure, Boudoir-Manieren, Ernährung, Haltung und Budgetierung. Dieses riesige, effiziente, wunderschön dekorierte Zentrum, das die Idee von Sam Tullgren hatte, das sich aber immer noch mit unvollkommenen Menschen auseinandersetzen musste.

Menschen, Menschen, Menschen ... und insbesondere Frauen. Nach einer Weile stand er auf und ging in die Essecke. Er setzte sich und starrte trübsinnig auf sein Essen.

Kleine Jungen bestehen aus etwas und den Schwänzen von Schnecken und Hündchen . Woraus bestehen kleine Mädchen? Joe wollte kein kleines Mädchen; Er wollte einen, der ungefähr hundertzweiundzwanzig Pfund wog und fünf Fuß und vier Zoll hoch war. Er wollte, dass sie flach war, wo sie sein sollte, und gebogen, wo sie sein sollte, mit blonden Haaren und graugrünen Augen und einem aufregenden Lächeln.

Er hatte unter anderem einen Abschluss in Medizin. Die Nerven, Muskeln, das Fleisch und das Kreislaufsystem könnten hergestellt werden – und zwar besser, als sie jemals auf natürliche Weise hergestellt wurden. Das Gehirn wäre kybernetisch und nach seinem eigenen gestaltet, wobei sein eigener mentaler Hintergrund in den Gedächtnisschaltkreisen gespeichert wäre.

Bisher hatte er natürlich nichts weiter als einen Roboter aus Fleisch und Blut beschrieben. Der Funke nun – was unterschied die besseren Roboter von den Menschen? Vorgeburtliche Hitze, das war's. Inkubation. Eine Form, eine erhitzte Form. Wärme, der Funke, die Sonne, das Leben.

Für die Haut wandte er sich an Pete Celano , den besten Syntho - Dermatologen der Abteilung.

"Etwas Besonderes?" fragte Pete. „Nicht nur eine lokale Hauttransplantation? Was dann?"

„Eine Frau. Eine perfekte Frau."

Petes Grinsen sackte verblüfft ab . „Ich verstehe es nicht, Joe. Perfekt wie?"

"In jeder Hinsicht." Joes Gesicht war ernst. „Jemand, mit dem man ideal zusammenleben kann."

„Wie wäre es mit Vera? Was war mit ihr los?“

„Ein Sentimentalist, zu romantisch, irgendwie – na ja, vielleicht nicht gerade dumm, aber –“

„Aber nicht perfekt. Wer ist das, Joe?“

„Meine neue Frau wird es sein.“

Pete zuckte mit den Schultern und begann, die Zutaten für den Hauttyp zusammenzustellen, den Joe angegeben hatte.

Sie sind alle gleich, dachte Joe, Sam und Pete und die anderen. Sie schienen seine Idee für kindisch zu halten. In dieser Nacht baute er die Instillatoren und den Inkubator. Die Form würde von einem der Graveure der Abteilung angefertigt werden. Joe hatte die Skizzen und Maße bereit.

Am Mittwochnachmittag rief Burke ihn zu sich. Burke war der Oberassistent , ein Job, den Joe erwartet hatte und über den er verärgert war. Für Joe war Burke ein Idiot.

Heute Nachmittag zuckte Burkes lange Nase und sein schmales Gesicht wirkte ernst und düster. Er hatte eine knappe, effiziente Art zu sprechen.

„Müde, Joe?“

"Wie meinst du das?"

„Den Ball nicht schlagen, nicht auf den Balken, kein Reißverschluss .“

„Ich – ja, ich schätze, du hast recht. Ich habe zu Hause an einem privaten Projekt gearbeitet.“

„Wissenschaftlich?“

"Natürlich."

„Etwas Besonderes?“

Joe holte Luft, schaute weg und wieder zu Burke. „Na ja, eine Frau.“

Ein Stirnrunzeln, ein zweifelnder Blick aus den kalten, blauen Augen. „Roboter? Spülmaschine und Koch und Anrufbeantworter und so etwas?“

"Mehr als das."

Leicht hochgezogene Augenbrauen.

"Mehr?"

„Völlig menschlich, außer dass sie keine menschlichen Fehler haben wird.“

Cooles Lächeln. „Dann wäre es natürlich kein Mensch.“

„ Menschlich, aber ohne menschliche Fehler, sagte ich! "

„Du hast deine Stimme erhoben, Joe."

"Ich tat."

„Ich bin der leitende Assistent. Junior-Assistenten erheben ihre Stimme nicht gegenüber leitenden Assistenten."

„Ich dachte, du wärst vielleicht sowohl taub als auch stumm", sagte Joe.

Eine Stille. Die Granitoberfläche von Burke bestand aus Marmor, dann aus Stahl und schließlich aus Chrom. Seine Stimme passte dazu. „Ich muss natürlich mit dem Chef sprechen, bevor ich Sie feuere. Abteilungsregel. Guten Tag."

"Fahr zur Hölle."

Joe ging zurück zu seinem Schreibtisch und brannte. Er begann mit einem kleinen Feuer und nährte es mit den Missständen der vergangenen Wochen. Als es begann, seinen Kragen zu wärmen, nahm er seine Mütze und ging.

Klick, klingel, klick gingen die Luftschleusen. Zu dieser Zeit am Nachmittag waren es nur sehr wenige Fahrer. Das Gehirn würde intakt hineingehen, und dann würde der Wissensvermittler während der Inkubationszeit arbeiten und die jugendlichen Erinnerungen in die remanenten Schaltkreise einspeisen. Sie verbrachte tatsächlich ihre geistige Kindheit in der Form, während die Wärme den menschlichen Funken durch ihren Körper sandte.

Roboter? Huh! Was wussten sie? Ein Mensch, ein Produkt der Wissenschaft, ein *makelloser* Mensch.

Der Aufstieg, das laute Zischen der letzten Luftschleuse und Inglewood. Joe stand einen Moment auf dem Bahnsteig und suchte nach seinem Auto, dann wurde ihm klar, dass sie nicht da war. Sie war eine Woche lang nicht dort gewesen, und das hatte er jede Nacht getan. Dumme Sache, Gewohnheit. Menschliche Eigenschaft.

Heute Abend würde er es wissen. Das Fruchtfleisch lag zwei Tage in der Form. Die synthetischen Nerven waren unter dem Derma-Ray prall und weiß, das Fluxo- Herz pumpte gleichmäßig, die gesamte Muskelstruktur wurde für den Muskeltonus pneumatisch massiert.

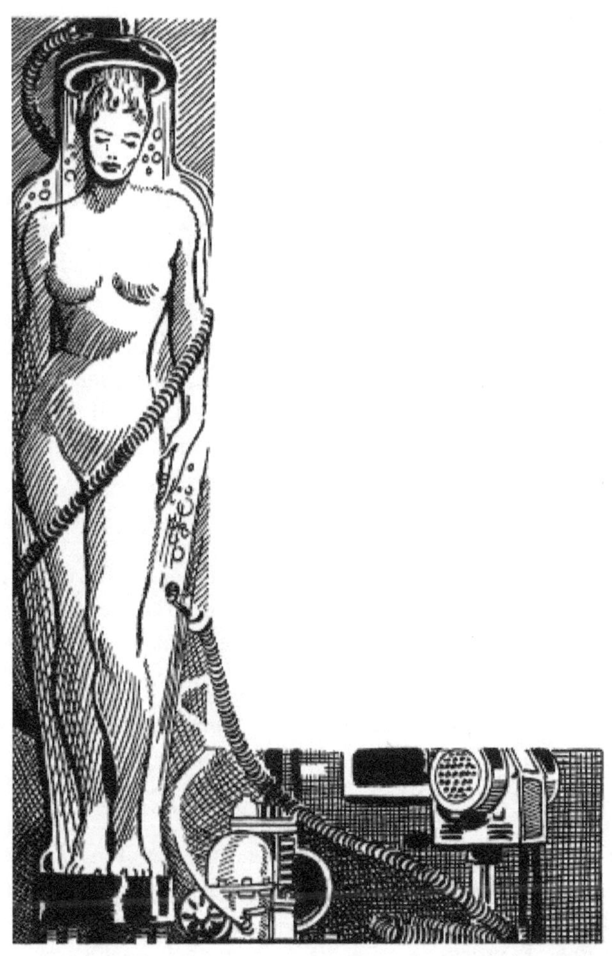

Er hatte darüber nachgedacht, die Stirnmuskeln wegzulassen, war sich aber bewusst, dass dadurch die Gesichtskonturen zerstört würden. Sie wurden jedoch nicht massiert und waren nicht aktiv.

Und der Geist?

Nun, natürlich würde es auf seines abgestimmt sein. Sie würde alles wissen, was er wusste. Welchen Raum für Meinungsverschiedenheiten gäbe es, wenn die Meinungen gleich wären? Lächelnd, wie sie zustimmte, weil sie nicht die Stirn runzeln konnte. Ihre Zärtlichkeit, ihre Romantik hätten natürlich eine variable Intensität. Er wollte keinen dieser grinsenden Einfaltspinsel haben.

Er erinnerte sich an seine eigenen Worte: „Ist diese Liebe etwas, das man wie einen Wasserhahn auf- und zudrehen kann?" Bissen ihn seine eigenen Worte oder kratzten sie ihn nur? Etwas juckte. Eine Intensitätsvariable war kein

Wasserhahn, obwohl unwissenschaftliche Geister vielleicht eine grobe, allegorische Ähnlichkeit finden würden.

Zum Teufel mit unwissenschaftlichen Köpfen.

Er ging in den Keller. Die Form war 98,6. Er beobachtete, wie der Wissenseinflößer seinen winzigen Strom zum Kopfende der Form schickte. Das Messgerät zeigte weniger als ein Zehntel Ampere an. Der langsame, plastische Puls der Muskeltonusmassage wirkte über eine kleine Pumpe am Fuß der Form.

An der Wand schickte die große Hauptuhr winzige Ströme an die verschiedenen Körperteile, baute die Zellen auf und hielt die organischen Funktionen aufrecht. In zwei Stunden würde die Uhr den Strom abschalten, die Kiste würde abkühlen und da wäre seine – Alice. Warum nicht Alice? Sie musste einen Namen haben, nicht wahr?

<hr>

Wärme, das war der Unterschied zwischen einem Menschen und einem Roboter, nur Wärme, nur der Funke. Komisch, dass er noch nie darüber nachgedacht hatte. Wärme war – sie hatte unwissenschaftliche Konnotationen. Das war es jedoch nicht.

Er ging nach oben und briet ein paar Eier. Eine Woche lang aß er zweimal täglich Spiegeleier. Ihr Geschmack wurde überbewertet.

Dann ging er ins Wohnzimmer und schaltete das Ballspiel ein.

Martin war Dritter und Pelter war am Schlag. Auf dem Hügel warf die hagere Gestalt von Dorffberger einen langen, grotesken Schatten in die Nachmittagssonne. Dorffberger kaute und spuckte und wischte sich mit der Rückseite seines Handschuhs die Nase ab. Er sah zu Dritter hinüber und gähnte.

Pelter saß am Teller und beschäftigte sich. Pelter wirkte nervös.

Joe sagte: „Ich wette, dass Dorffberger ihn anfeuert. Er hat das Indianerzeichen von Pelter.“

Dann wurde ihm klar, dass er mit sich selbst redete. Verdammt. Auf dem Telenews- Bildschirm schaute Dorffberger direkt in die Kamera und nickte. Er war gerade am Aufziehen, und der Regisseur versetzte den Ball in Zeitlupe. Sogar in Zeitlupe flog es.

„Ho-ho!“ sagte Joe. „Was man nicht sieht, kann man nicht treffen.“

Pelter muss es gesehen haben. Er fing es am dicken Teil des Schlägers auf und drehte sich mit all seinen hundertneunzig Pfund hinein. Der Aufprall erschütterte den Fernsehbildschirm und die Teleskopkameras übernahmen die Kontrolle. Sie verfolgten den Flug des Balls etwa auf halbem Weg nach Jersey, und dann kehrten die Kurzstreckenaugen zurück und zeigten Pelter, der die Platte überquerte, und Martin, der dort wartete, um ihm die Hand zu schütteln.

Joe schaltete ungeduldig die Maschine ab. Sehr unwissenschaftliches Spiel, Baseball. Es gibt keinen Sinn oder Grund dafür. Er ging auf die Veranda.

Das Gras war trocken und grau; Er hatte vergessen, die Sprinkleruhr einzustellen, Veras alte Aufgabe. Auf der anderen Straßenseite saß Dan Harvey mit seiner Frau und jeder trank etwas. Saß mit seiner menschlichen Frau, dem armen Fisch. Sie sahen jedoch glücklich aus. Manche Menschen gaben sich mit der Mittelmäßigkeit zufrieden. Unwissenschaftliche Leute.

Warum war er unruhig? Warum langweilte er sich? Hatte er Angst um seinen Job? Nur etwas; Der Chef hielt viel von ihm, sehr viel. Der Chef war ein toller Typ für das Dienstalter, und Burke hatte es, sonst wäre Joe sicherlich Oberassistent geworden.

Die Regung in ihm wollte er nicht analysieren, und er dachte an die Tage, an denen er Vera umworben hatte, als er im Center zum Tanzen gegangen war, im Center Bridge gespielt und im Center Griechisch gelernt hatte. Ein schöner, aber zu heller Ort. Da könnte man alles machen außer knutschen; Das Knutschen erfolgte nach der Absichtserklärung und ein Mann war nach der Erklärung verpflichtet, die Hochzeit durchzuführen und mindestens drei Monate des Anpassungszeitraums mit seinem gewählten Partner zusammenzuleben.

Anpassungsphase ... eine weitere Notwendigkeit für Menschen, für unvollkommene Menschen. Auf der anderen Straßenseite lächelten sich die perfekt angepassten Harveys an und nippten an ihren Getränken. Verdammt, das war keine Anpassung, das war Kapitulation.

Er stand auf und ging ins Wohnzimmer; Er kämpfte gegen die Aufregung in ihm an, die Aufregung, die er nicht analysieren und für absurd halten wollte. Er ging ins Badezimmer und betrachtete sein hageres, jetzt ausgezehrtes Gesicht. Er sah verdammt gut aus. Er ging in das hintere Schlafzimmer, schnupperte an ihrem Parfüm und verließ schnell das Haus und ging in den Hinterhof.

Er saß dort bis sieben und lauschte dem Pochen aus dem Keller. Der Molekülrührer sollte nun dafür sorgen, dass das Fleisch fest und fertig wird, durch das ausgewählte Blut genährt und durch den pulsierenden Kunststoff massiert wird.

Um sieben sollte sie fertig sein.

Um sieben ging er in den Keller. Sein Herz hätte hämmern und sein Geist erwartungsvoll sein sollen, aber er war nur ein gewöhnlicher Typ, der in den Keller ging.

Die Pumpen waren stehen geblieben, das Rührwerk, das Einbringgerät. Er spürte den Schimmel; es fühlte sich kühl an. Er hob den Deckel und dachte aus irgendeinem Grund an Vera.

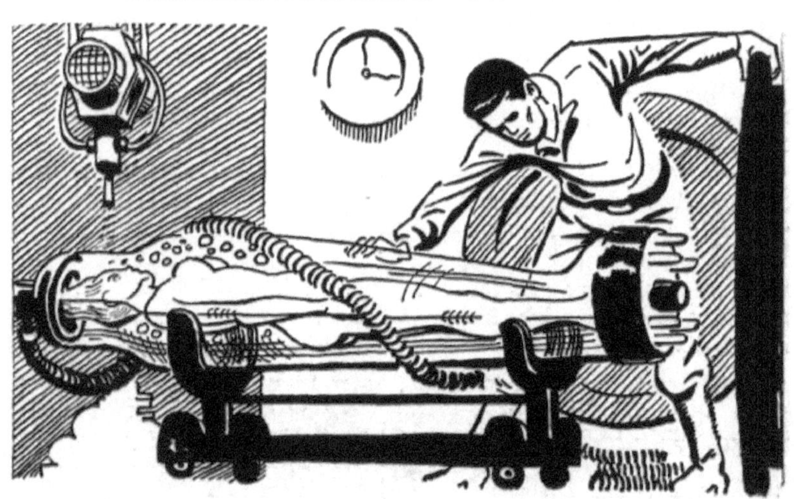

Eine Schönheit. Der Deckel war vollständig zurückgeklappt und sein Kumpel setzte sich auf, lächelte und sagte: „Hallo, Joe."

„Hallo, Alice. Alles in Ordnung?"

"Bußgeld."

Ihr Haar war silberblond, ihre Gesichtszüge eine Mischung aus Patrizier und Klassik. Ihre Figur war weder zu schlank noch zu kräftig, weder zu flach noch zu rund. Nirgendwo gab es einen Durchhang.

„Ich dachte, wir kommen bei den Harveys auf einen Drink vorbei", sagte Joe. „Ich zeige dich irgendwie, weißt du."

„Ego-Befriedigung, Joe?"

„Natürlich. Ich habe oben ein paar Klamotten für dich."

„Ich bin sicher, sie sind wunderschön."

"Sie sind schön."

Während sie sich anzog, rief er die Harveys an . Zuerst erklärte er Vera, denn Vera war für die Harveys eine gute Nachbarin.

Dan Harvey sagte mitfühlend: „Das passiert den Besten von uns. Denken Sie darüber nach, sich ein neues anzuschaffen, Joe?"

„Ich habe hier eins. Ich dachte, ich würde vorbeifallen und sozusagen das Eis brechen."

„Großartig", sagte Dan. „Gut. Dandy."

Das Ereignis war von untergeordneter Bedeutung, abgesehen von der damit verbundenen Offenbarung.

Die Harveys hatten die Gabe, den Gästen ein gutes Gefühl zu geben. Das Geschenk war ein Keller voll mit dreißig Jahre altem Bourbon, den der ältere Harvey ihnen am Ende ihrer Eingewöhnungszeit vermacht hatte.

Das Gespräch wechselte beim Bourbon hin und her, Alice beteiligte sich selten daran, nickte jedoch, wenn Joe redete.

Dann, als Mrs. Harvey irgendjemanden erwähnte, sagte sie tolerant: „Nun, keiner von uns ist perfekt, denke ich."

Alice lächelte und antwortete: „Einige von uns geben sich mit Mittelmäßigkeit in der Ehe zufrieden."

Mrs. Harvey runzelte zweifelnd die Stirn. „Das verstehe ich nicht ganz, Liebes. In jeder Ehe muss es eine Anpassung geben. Dan und ich haben uns zum Beispiel sehr gut angepasst."

„Du hast dich nicht angepasst", sagte Alice lächelnd. „Du hast kapituliert."

Joe hustete ein halbes Glas Bourbon aus, Dan wurde rot-grün und Mrs. Harvey starrte mit offenem Mund. Alice lächelte.

Schließlich sagte Mrs. Harvey: „Nun, ich habe nie …"

„Von allen …", sagte Dan Harvey.

Joe stand auf und sagte: „Muss ins Bett, ich muss ins Bett."

"Hier?" fragte Alice.

„Nein, natürlich nicht. Zuhause. Lass uns gehen, Liebes. Ich muss mich beeilen."

Alices Lächeln hatte nichts Sentimentales.

Er beschimpfte sie erst am Morgen. Er wollte Zeit, sich abzukühlen und die ganze Sache objektiv zu betrachten. Es würde jedoch einfach nicht objektiv werden.

Beim Frühstück sagte er: „Das war gestern Abend taktlos. Sehr, sehr taktlos."

„Ja, Joe. Takt erfordert Täuschung. Takt ist im Wesentlichen Täuschung."

Wann hatte er das gesagt? Oh ja, beim Hydra Club-Vortrag. Und es stimmte, und er hasste Täuschung, und er hatte sich eine Frau ohne Täuschung geschaffen.

Er sagte: „Ich muss einen Charakterbrenner entwickeln, bei dem man nicht wieder in die richtige Form gebracht werden muss."

„Natürlich, Liebes. Warum?"

„Sie brauchen nur einen Hauch von Täuschung, nur eine kleine Nuance davon."

„Natürlich, Joe."

also Fingerspitzengefühl.

Er ging ins Büro, ohne dass sich in ihm die Absurditätsstimmung regte. Er hatte natürlich ein reichhaltiges Frühstück gehabt.

Im Büro lag ein Zettel auf seinem Schreibtisch: *Herr Behrens möchte Sie sofort sprechen.* Es trug die Initialen seiner Sekretärin. Herr Behrens war der Chef.

Er war ein ziemlich kleiner Mann mit riesigen Schultern und, wie man ihm gesagt hatte, ein klassischer Kopf. Deshalb ließ er sein Haar wachsen und hatte die Angewohnheit, sein Kinn nach vorne zu strecken, wenn er zuhörte. Er hörte sich Joes Bericht über das Interview mit Burke an.

Als Joe fertig war, lächelte der Chief tolerant. „Du hast ihn verarscht, nicht wahr? Der alte Burke hat nicht viel Sinn für Humor, Joe."

Joe sagte geduldig: „Ich habe ihn nicht geärgert. Ich habe sie gestern Abend aus der Form genommen. Ich habe heute Morgen mit ihr gefrühstückt. Sie ist – wunderschön, Chief. Sie ist ideal."

Der Chief sah ihn sekundenlang mit geneigtem Kopf an.

Joe sagte: „Heat, das ist es. Wenn Sie heute Abend mit uns zum Abendessen kommen möchten, Chief, und sich selbst davon überzeugen möchten –"

Der Chef nickte. "Das würde mir gefallen."

Sie gingen etwas früher, um dem Gedränge in der U-Bahn auszuweichen. Burke sah sie gehen und sein langes Gesicht wurde noch länger.

Auf der Reise erzählte Joe seinem Chef vom kybernetischen Gehirn, von seinem Hintergrund und seinen in den Gedächtnisschaltkreisen gespeicherten Überzeugungen, und der Chef hörte ruhig zu, ohne sich auf irgendwelche Kommentare festzulegen.

Aber er sagte: „Ich habe auf jeden Fall viel von Vera gehalten. Man müsste sie nicht in einer Brutform erwärmen."

„ Warte mal , das siehst du", sagte Joe.

Und als sie zu Hause das Wohnzimmer betrat und die Bekanntschaft mit dem Chief zur Kenntnis nahm, wusste Joe, dass der alte Junge verkauft war. Der Chef konnte nur starren.

Joe brachte ihn dann in den Keller, um ihm den Molekülrührer, den Speicherzuführer und die Einbringgeräte zu zeigen.

Der alte Junge schaute es sich an und sagte ganz einfach: „Ich werde verdammt sein!"

Sie gingen zu einem perfekten Abendessen – und zu Vorfall Nummer zwei.

Der Häuptling war ein Sentimentalist und hatte gerade einen guten Freund verloren. Dieser Freund war sein Terrier Murph, der von einem schnell fahrenden Auto angefahren worden war.

Die Geschichte von Murph von der Geburt bis zum Tod war ziemlich lang, aber nie langweilig. Der Chef hatte ein Gespür für Worte. Sogar Joe, einer der besten Nicht-Sentimentalisten der Welt, war von der Geschichte berührt. Als sie das Ende erreichten, wo Murph in den Armen seines Herrn gelegen hatte und wimmerte, als wollte er ihn trösten, und versuchte, sein Gesicht abzulecken, waren Joes Augen feucht und das Getränk wackelte in seiner Hand.

Der Chief beendete seine Rede flüsternd und blickte von dem Teppich auf, auf den er während des gesamten Kontos gestarrt hatte.

Und da war Alice, aufrecht da sitzend, ein Lächeln vollkommener Freude auf ihrem Gesicht. „Wie rührend", sagte sie und grinste.

Für eine entsetzte Sekunde starrte der Chief sie böse an, dann richteten sich seine fragenden Augen auf Joe.

„Sie kann nicht die Stirn runzeln", erklärte Joe. „Die Muskeln sind da, aber sie brauchen eine Massage, um sie zum Leben zu erwecken." Er stoppte. „Ich wollte eine lächelnde Frau."

Der Chief atmete schwer ein. „Es gibt Zeiten, in denen ein Lächeln nicht in Ordnung ist, meinst du nicht auch, Joe?"

„Es scheint so."

Es dauerte nicht lange. Massage, Orientierung, Übung, Konzentration. Es dauerte nicht lange und sie war so bereit zu kooperieren. Meine Güte, sie war angenehm. Sie war mehr als das; Sie äußerte seine Gedanken vor ihm. Wegen der geistigen Affinität, sehen Sie. Dafür hatte er gesorgt.

Sie konnte jetzt die Stirn runzeln und hatte genug Täuschung, um in fast jeder Gesellschaft durchzukommen. Diese Fehler waren notwendig, aber sie waren immer noch Fehler und brachten sie dem Sein – einem Menschen – näher.

Am Samstagmorgen kam Sam Tullgren im Büro vorbei. Sam sagte: „Ich habe Dinge gehört, Joseph."

„Von Vera? Im Zentrum?"

Sam schüttelte den Kopf. „Vera war zu beschäftigt, um viel Zeit für den Regisseur zu haben. Sie ist unsere beliebteste Nummer." Sam hielt inne. „Über die Neue. Ich habe gehört, dass es etwas zu sehen gibt."

„Du hast richtig gehört. Sie ist praktisch makellos, Sam. Sie ist genau das, was ein Mann zu Hause braucht." Aus irgendeinem Grund ließ seine Stimme nicht die Begeisterung erkennen, die er hätte empfinden sollen.

Sam kaute auf einem Mundwinkel herum. „Warum bringen Sie sie nicht zum Beispiel heute Abend vorbei? Wir spielen etwas Bridge."

Das wäre etwas. Zwei Köpfe, perfekt in Harmonie, synchronisiert, partnerschaftlich zusammenarbeitend. Joes Lächeln war selbstgefällig. „Wir werden da sein. Um halb neun."

Als Joe an diesem Abend nach Westchester fuhr, sagte er zu Alice: „Sam ist ein schüchterner Bieter. Seine Frau neigt dazu, zu überbieten. Er spielt ein Opferspiel, wenn sie weiß, dass es Punkte bringt. Unsere Aufgabe wird es sein, sie dazu zu bringen, zu viel zu opfern . "

Sams Augen öffneten sich, als er sie sah; seine Frau ist verengt. Joe war stolz auf ihre Reaktion, aber es war ein seltsamer, unpersönlicher Stolz.

Sie tranken etwas, unterhielten sich etwas und setzten sich dann an den Tisch. Es war eher eine Séance als ein Spiel.

Sie boten und machten vier Keulen, ein Herz. Sams Frau sah diesen entschlossen aus. Da die Gegner ein Bein des Gummis festhielten, rechnete sie damit, dass der nächste Versuch kostspielig werden würde.

Sie gewann es mit sechs Karo und schaffte es mit neun Stichen, verdoppelt. Sam wollte nach dem Debakel etwas sagen, aber ein Blick auf das gequälte Gesicht seiner Frau ließ ihn nicht mehr verstehen.

Sam sagte tröstend: „Ich bin so ein mieser Bieter, Liebes. Ich muss dir eine falsche Vorstellung von meiner Hand vermittelt haben."

Das nächste Mal machte Sam seine Schüchternheit wett. Sam, mit einem Herzen in der Hand, versuchte es mit einem Hellseher. „Ein Herz", sagte er fest.

Sam wusste, dass die Chancen gut standen, dass die Herzen in den Händen der Gegner waren, und das schien eine gute Verteidigungstaktik zu sein.

Allerdings konnte sich seine Frau, die über ein Kraftpaket mit drei Anzügen verfügt, nicht vorstellen, dass Sam ein Hellseher sein würde. Sie brauchte nur einen Stopper in der zweiten Runde in den Herzen und ein kleiner Slam in keinem Trumpf war in der Tasche. Sie hatte kein Herz, aber der schüchterne Sam hielt zweifellos das Ass-König in der Hand.

Sie bot sechs No-Trump , was für sie konservativ war. Sie wollte nicht den Fehler machen, dass Sam das Angebot scheitern ließ.

Joe hatte das Herz-Ass, den König, die Dame und den Buben sowie eine Drei, die zu Alices Hand führte. Alice beendete die Herzen für insgesamt sieben Tricks, und dieses Mal war es Frau Tullgren, die den Mund öffnete, um zu sprechen.

Aber sie erinnerte sich an Sams Freundlichkeit in der früheren Hand und sagte: „Es war alles meine Schuld, Liebling. Zu glauben, ich könnte ein Hellseher nicht erkennen, nur weil es von dir kam. Ich denke, wir sind überfordert, Süße." Sie hielt inne, um Joe anzulächeln. „Gegen den Mann, der die Comptin-Reduco-Determina erfunden hat ." Im Nachhinein fügte sie hinzu: „Und seine charmante, brillante neue Frau."

Was zu Vorfall Nummer drei führte.

Comptin-Reduco-Determina nicht wirklich ?"

„Nicht einmal schwach", antwortete Frau Tullgren. Sie lächelte Alice an.

Das Lächeln verschwand nach etwa zehn Minuten. Denn Alice erzählte ihr *alles* über die comptin-reduco-determina . Eine Stunde und neunzehn Minuten lang sprach Alice mit dieser Frau, die zweimal gedemütigt worden war, und erzählte ihr alles über die berühmte Denkmaschine, die Frau Tullgren nicht wissen wollte.

Erst als Alice mit dem lebhaften Reden fertig war, begann Joe zu vermuten, dass die Tullgrens vielleicht nicht so sehr an dem Dingus interessiert waren, wie ein wissenschaftlicher Geist annehmen würde.

Das waren sie nicht. Danach gab es eine Anspannung, eine deutliche Schwere für den Rest des Abends. Sam schien erleichtert zu seufzen, als sie gute Nacht sagten.

Im Auto war Joe nachdenklich. Auf halbem Weg nach Hause sagte er: „Liebling, ich glaube, du weißt zu viel – für eine Frau jedenfalls. Ich denke, du musst es mit dem Wissensvermittler versuchen. Umgekehrt natürlich."

„Natürlich", stimmte sie zu.

„Ich habe nichts dagegen, wenn Frauen viel wissen. Die Welt weiß es."

„Natürlich", sagte sie.

Sie war ein erstes Modell und daher experimentell. Diese Fehler mussten auftauchen. Sie war jetzt weniger wissend, mehr betrügerisch und konnte die Stirn runzeln.

Sie fing an, ihn an Vera zu erinnern, was keinen Sinn ergab.

Alice war traurig, als er traurig war, schwul, als er schwul war, und im gleichen Sekundenbruchteil genauso romantisch. Sie erzählte ihm sogar seine alten Witze mit der gleichen Betonung, die er immer benutzte.

Ihre Stimmungsaffinität war ebenso eng darauf abgestimmt wie die Comptin-Reduco-Determina . Was will ein Mann mehr? Und verdammt noch mal, warum sollte Veras Parfüm in diesem Hinterschlafzimmer hängen bleiben?

Die Begaser konnten nichts tun. Nach der dritten Fahrt gingen sie kopfschüttelnd weg. Joe stand in der Tür und bestand darauf, dass er es immer noch riechen konnte.

Alice sagte: „Es ist wahrscheinlich mental, Liebes. Vielleicht liebst du sie immer noch – immer noch – was ist das für ein Wort? Vielleicht liebst du sie immer noch.“

„Wie konntest du das denken?“ er hat gefragt. „Wie? Wie konntest du das denken, wenn ich es nicht dachte?“

„Das konnte ich nicht. Ich liebe dich auch, Joe, aber du weißt, warum das so ist.“

"Wie meinst du das?"

„Wir lieben dich beide, Joe.“

„Beides? Du und Vera?“

dich beide .“

„Das“, sagte Joe verdrießlich, „ist lächerlich. Wenn Sie selbst denken könnten, wüssten Sie, dass es lächerlich ist.“

„Natürlich“, stimmte sie zu. Und runzelte die Stirn, weil er die Stirn runzelte.

„Du benimmst dich wie ein Roboter“, sagte Joe.

Sie nickte.

„Das ist alles, was du bist“, fuhr Joe ruhig fort, „ein Roboter. Kein Wille.“

Sie nickte stirnrunzelnd.

"Ich habe es satt."

Sie sagte nichts und sah mitfühlend krank aus.

Und dann lächelte er und sagte: „Ich bin nicht ratlos. Nicht der Erfinder der Comptin-Reduco-Determina . Bei Harry, ich gebe dir Willenskraft. Ich gebe dir genug Willenskraft, um dir schwindelig zu machen.“

Und weil er lächelte, lächelte sie. Und nur einer sehr scharfsinnigen Person könnte auffallen, dass ihr Lächeln eine Intensität und eine Vorfreude zu haben schien, die etwas über seinem lag.

In dieser Nacht konnte er daran arbeiten. Er würde einen Teil seines geistigen Hintergrunds aus ihrem Gehirn löschen müssen. Er wollte, dass sie nicht weniger intelligent, nicht weniger anspruchsvoll war, aber mit ausreichend verändertem Hintergrund, um ihr einen eigenen Standpunkt zu vermitteln. Er hatte bis Mitternacht Wehen und fiel mit Kopfschmerzen ins Bett.

Am nächsten Morgen beim Frühstück sagte er zu ihr: „Heute Abend probieren wir es aus. Danach wirst du ein Mensch sein.“

„Natürlich. Und wirst du mich lieben, Joe?“

„Mehr Kaffee, bitte“, antwortete er.

Im Büro lag eine weitere Nachricht seiner Sekretärin: *Mr. Burke möchte Sie sehen. Ganz nach Ihren Wünschen.*

Nach Belieben? Wurde Burke weich? Joe ging direkt hinein.

Burke lächelte, ein Wunder für sich. Burkes Stimme war fröhlich. „Der Chief hat mir von der neuen Frau erzählt, Joe. Ich schätze, ich schulde dir eine Entschuldigung.“

„Überhaupt nicht“, sagte Joe. „Ich hatte kein Recht, unhöflich zu sein. Ich war ein wenig überarbeitet – zu Hause. Ich war nicht ich selbst.“

Burke nickte selbstgefällig und saugte es auf. „Wunderschön, sagt mir der Chief. Werde ich sie treffen, Joe?“

„Wenn du willst. Wie wäre es mit heute Abend zum Abendessen? Ich habe etwas Neues geplant. Ich gebe ihr den Willen. Vielleicht möchtest du zuschauen.“

„Willen?“

Joe fuhr fort, den Willen zu erklären, wobei er es so einfach wie möglich machte, um Burkes Vorstellungen zu entsprechen.

„Das“, sagte Burke, als er fertig war, „das will ich sehen.“

Sie gingen in der überfüllten U-Bahn von Inglewood nach Hause. Sam war da, aber Sam schien sie aus irgendeinem Grund zu meiden. Auf dem Heimweg hatte Joe das unangenehme Gefühl, dass Burke nichts von dieser Sache glaubte, dass Burke die Reise nur antrat, um seine eigenen falschen Vorstellungen zu untermauern.

Doch als Alice mit einem strahlenden Lächeln ins Wohnzimmer kam und dem Oberassistenten die Hand reichte, erhaschte Joe einen erfreulichen Blick auf Burkes Gesicht.

Burke war verloren. Burke starrte und schluckte und grinste wie ein grüner Bühnenhelfer bei einer Burlesque-Show. Burkes Lächeln war unaufhörlich und ekelerregend. Selbst angesichts der kühlen Zurückhaltung von Alice.

Das Abendessen war gut, der Alkohol mild.

Dann sagte Joe: „Nun, Alice, es ist Zeit für den Willen. Es ist Zeit für deine *Geburt* als Person."

„Natürlich", sagte sie und lächelte.

Sie gingen zu dritt in den Keller; Sie setzte sich auf den Stuhl, den er vorbereitet hatte, und er befestigte den Drahthelm und stellte die Elektroden ein.

Burke sagte schwach: „Es ist nicht – gefährlich, oder?"

"Gefährlich?" Joe starrte ihn an. „Natürlich nicht. Erinnerst du dich, wie ich es erklärt habe?"

„Ich – äh – meine Erinnerung –" Burke ließ nach.

Sie schloss die Augen und lächelte. Joe legte den Schalter um. Sie hätte Wissen; Sie hätte die Erinnerung an die letzten paar Tage ihres Daseins als sein Alter Ego. Sie hätte Willenskraft.

Die Kontaktuhr übernahm. Ihre Augen blieben geschlossen, aber ihr Lächeln begann zu verblassen, als sich der Sekundenzeiger immer wieder um das große, mit Kontakten besetzte Zifferblatt bewegte.

Joe lächelte, obwohl sie es nicht war. Joe war erfüllt von einem Gefühl seiner eigenen kreativen Kraft, seinem eigenen Erfindergeist und der Befriedigung über das besorgte Stirnrunzeln auf dem Gesicht des schwachsinnigen Burke.

Dann blieb die Uhr stehen und es ertönte ein Summen; Die Zähler fielen auf Null. Alice öffnete ihre Augen. Zum ersten Mal als *Mensch* öffnete sie ihre Augen.

Ihr Lächeln war zurück. Aber sie sah Burke an. Schaut Burke an und lächelt!

„Baby", sagte sie.

Burke sah verwirrt, aber definitiv zufrieden aus. In seinem gesamten Erwachsenenleben hatte Burke noch nie eine Frau so angeschaut.

Joe sagte tolerant: „Du bist noch ein wenig verwirrt, Alice. *Ich bin* dein Ehemann."

"Du?" Sie starrte ihn an. „Glaubst du, ich hätte dich vergessen? Glaubst du, ich kenne dich nicht, nachdem ich fast in deinem Gehirn gelebt habe? Du *Monster* , du egozentrischer, egoistischer, humorloser Gleichgesinnter. Du bist nicht mein Mann und ich würde Ich möchte, dass du beweist, dass du es bist.

Jetzt war es nur noch Burke, der lächelte. „Bei George", sagte er, „das stimmt. Es gibt keine aktenkundige Hochzeit, oder, Joe?"

"Hochzeit?" Joe wiederholte verständnislos. „Ich habe sie erschaffen. Ich habe sie erschaffen. Natürlich gibt es keine …"

„Natürlich, natürlich, natürlich", schrie Alice. „Das ist alles, was du weißt. Du bist das ursprüngliche ‚Natürlich'-Kind. Die Dinge sind nicht so sicher, Junior. Ich kenne dich gerade lange genug und gerade gut genug, um dich zu verabscheuen." Jetzt zeigte sie auf Burke. „ *Das ist es* , was ich will. Das ist meine Art von Mann."

Burke schluckte, grinste und nickte. „Um eine Phrase zu prägen, du hast es gesagt, Kleiner." Er lächelte Joe an. „Ich werde sie direkt zum Zentrum bringen, sie registrieren lassen und eine Absichtsoption abschließen. Ich schätze, wir können das Schicksal nicht bekämpfen, Joe, oder?"

Joe holte tief Luft. „Ich schätze nicht. Ich schätze, es ist – Kismet."

Er stand immer noch da, als er hörte, wie die Haustür zugeschlagen wurde. Er starrte weiterhin auf die Maschine, sah sie nicht, sondern hörte alles, was sie gesagt hatte. Sie kannte ihn besser als jeder andere, der lebte. Eigentlich besser, als er selbst wusste, weil sie es nicht rationalisierte, da sie sich jetzt außerhalb seiner mentalen Sphäre befand. Man könnte sagen, sie war in seinen Gedanken und verabscheute, was sie dort gefunden hatte.

Es war ein kriechendes Gefühl, das Wissen, dass er sich selbst der Rationalisierung schuldig gemacht hatte und dass er Fehler hatte, die sein Verstand nicht anerkennen wollte. Er konnte nicht daran zweifeln, dass er all die kalten und grausamen Dinge verkörperte, die sie ihn genannt hatte. Der schlimmste Schock war jedoch, dass er Psychologie studiert hatte und ehrlich geglaubt hatte, er sei ein objektiver Denker.

Aber wer, erkannte er, könnte völlig ehrlich zu sich selbst sein?

Er schaute auf die Maschine und sah die Nichtrationalisierungselektroden. Das hatte er bei ihr angewendet und sie hatte deutlich gesehen, was er immer noch nicht erkennen konnte. Was er offenbar brauchte, war ein guter, objektiver Blick auf seinen eigenen Geist.

Er stellte die Kontaktuhr auf maximale Objektivität ein und befestigte die Elektroden an seinem Kopf. Er griff nach dem Schalter, musste die Augen schließen, bevor er ihn umlegen konnte.

Er sah nicht, wie sich der Sekundenzeiger rund um die Uhr drehte, aber er spürte die Impulse, die Vorurteile löschten, die Reize der objektiven Wertung, die Erinnerungen enthüllten, die ihn geprägt hatten, Demütigungen, die ihn verdreht hatten und in Vergessenheit geraten waren, Dränge und Sehnsüchte usw Schuldgefühle, von deren Existenz er nie gewusst hatte.

Er sah sich selbst. Es war höchst unangenehm.

Es gab ein letztes Summen und die Uhr blieb stehen. Joe öffnete die Augen, sowohl im übertragenen als auch im wörtlichen Sinne. Er löste den Helm mit den Elektroden, stieg vom Stuhl auf, hielt sich am Arm fest und blickte auf die verspiegelten Innenwände der Form.

Er hatte sich ein Bild von sich selbst gemacht und es hatte sich gegen ihn gewandt. Nun hatte er – was gemacht? Ein Bild seines Bildes von ihm? Es war sehr verwirrend und doch irgendwie klar.

Er ging langsam die Treppe hinauf und roch das Parfüm. Es gehörte nicht Alice, und das war eigenartig, denn sie hatte sich praktisch mit dem Zeug abgewischt, wohlwissend, dass es ihm gefiel, und war einfach gegangen.

Es war Veras Parfüm.

Er erinnerte sich, wie sie am Bahnhof wartete, am Kartentisch ihre lächerlichen Gebote abgab, sinnlos mit Mrs. Harvey schwatzte und sich auf den Daumen schlug, als sie versuchte, seine Bilder im Arbeitszimmer aufzuhängen.

Vera....

Er streifte unzufrieden durch das Haus, als ob er etwas suchte, und ging dann zum Auto. Er hat den Superhecht fast bis zur Mitte mitgenommen. Alle paar hundert Fuß hingen bunte Karten an Pfosten:

ES IST NOCH NICHT ZU SPÄT, EINE MÄDCHEN ZU BEKOMMEN. IM INLÄNDISCHEN ZENTRUM SIND DIE MÄDCHEN GROSSARTIG

Er bog in die weitläufige kreisförmige Auffahrt an der riesigen Gebäudegruppe ein. Eine Truppe singender Mädchen in Majorettenkostümen kam heraus, öffnete die Tür, half ihm heraus, parkte das Auto und begleitete ihn in den großzügigen Empfangsraum. Musik kam von irgendwoher, sanft und stimmungsvoll. Überall an den Wänden hingen Wandgemälde, jedes davon romantisch. Ein Ausgabeautomat enthielt Verlobungs- und Eheringe mit einer Reihe von Fingerlöchern auf der linken Seite für passende Größen.

Die Oberin erkannte ihn und sagte: „Herr Tullgren ist für heute nach Hause gegangen. Kann ich irgendetwas tun?"

Er sagte ihr, was er wollte, und sie blätterte in einem Register.

„Ja, sie ist noch hier", sagte die Oberin schließlich. „Sie hat bis gestern genau zweiunddreißig Angebote abgelehnt. Du hast an eine – Versöhnung gedacht?"

Joe nickte mit neuer Demut. „Wenn sie mich will."

Die Oberin lächelte. „Ich denke, das wird sie. Frauen sind normalerweise verständnisvoller als Männer. Romantischer könnte man sagen."

Neun Zehntel des Gebäudes waren hell erleuchtet, ein Zehntel eher schwach. Im dunklen Zehntel befanden sich die Post-Intent-Räume, die Versöhnungskammern.

Joe saß auf einem gelben Sofa in einem der leeren Versöhnungsräume und blätterte in einem Modemagazin, ohne es zu sehen. Dann waren da Stufen im Flur, vertraute Stufen, und er roch das Parfüm, bevor sie eintrat.

Sie stand schüchtern am Torbogen, aber Joe war noch unsicherer und schwächer in den Beinen und hatte Schwierigkeiten mit der Atmung.

„Joe", sagte Vera.

„Vera", antwortete er.

Es war nicht viel, aber es schien das zu sein, was beide im Sinn hatten.

„Gab es etwas, was du mir sagen wolltest?" Sie fragte. "Etwas Wichtiges?"

„Es ist mir wichtig, Vera", sagte er bescheiden. „Ich hoffe, es ist dir genauso wichtig."

Sie sah ihn strahlend an.

„Es fällt mir sehr schwer, es in Worte zu fassen", stolperte er. „Die üblichen Ausdrucksformen dieser Emotion sind so abgedroschen. Ich würde gerne einen anderen Weg finden, es auszudrücken."

"Sag was?"

"Dass ich dich liebe."

Sie rannte zu ihm. Der Aufprall raubte beiden den Atem, aber keiner bemerkte es.

„Ist der alte Satz nicht gut genug, Dummerchen?" sie schimpfte und küsste ihn. „Ich liebe dich auch, Liebhaber, Baby."

Bei den Schlüsselworten hinter ihnen schloss das Schallsignal die verborgenen Türen im Torbogen und sie waren allein im Versöhnungsraum.

Joe entdeckte, dass Sam Tullgren, Direktor des Domestic Center, an alles gedacht hatte, um die Versöhnung abzuschließen.

www.ingramcontent.com/pod-product-compliance
Lightning Source LLC
LaVergne TN
LVHW041811190726
843493LV00009B/2883